LA NOUVELLE GUERRE DES BOUTONS

Merci à Morgane, Lulu et Manon pour leur énergie.
Et à Elise Parmentier pour le sourire de ses dix ans.
Avec une pensée des plus amicales pour une autre Myriam, en Alsace.
Et merci à l'équipe de Jungle (Estelle, Moïse tout spécialement) pour sa confiance.
Greg Newman, scénariste au pays de Louis Pergaud

Merci à toute l'équipe : Luca, JJ, Alex et Andrea... GO TEAM !
Francesca

D'APRÈS L'ŒUVRE DE LOUIS PERGAUD

THOMAS LANGMANN PRÉSENTE
LAËTITIA CASTA GUILLAUME CANET KAD MERAD AVEC LA PARTICIPATION DE GÉRARD JUGNOT
LA NOUVELLE GUERRE DES BOUTONS
UN FILM DE CHRISTOPHE BARRATIER

AVEC LA PARTICIPATION DE FRANCOIS MOREL ET MARIE BUNEL
JEAN TEXIER CLÉMENT GODEFROY THÉOPHILE BAQUET LOUIS DUSSOL
HAROLD WERNER NATHAN PARENT ILONA BACHELIER THOMAS GOLDBERG

SCÉNARIO STEPHANE KELLER CHRISTOPHE BARRATIER THOMAS LANGMANN
ADAPTATION ET DIALOGUES STÉPHANE KELLER CHRISTOPHE BARRATIER PHILIPPE LOPES CURVAL
MUSIQUE ORIGINALE PHILIPPE ROMBI DIRECTEUR DE LA PHOTOGRAPHIE JEAN POISSON CADRE BERTO (AFCF) DÉCORS FRANÇOIS EMMANUELLI COSTUMES JEAN-DANIEL VUILLERMOZ MONTAGE YVES DESCHAMPS ANNE-SOPHIE BION SON DANIEL SOBRINO ÉDOUARD MORIN OLIVIER WALCZAK DIRECTION DE PRODUCTION DANIEL DELUME FRANÇOIS HAMEL DIRECTEUR DE POST-PRODUCTION FRANK METTRE
PRODUCTEUR ASSOCIÉ EMMANUEL MONTAMAT PRODUIT PAR THOMAS LANGMANN

UNE COPRODUCTION LA PETITE REINE TF1 FILMS PRODUCTION STUDIO 37 MARS FILMS LOGLINE STUDIOS
AVEC LA PARTICIPATION DE CANAL+ ET CINÉ+ AVEC LE SOUTIEN DU CONSEIL RÉGIONAL D'AUVERGNE

Photographe de plateau : David Koskas
Couverture d'après l'affiche du film : Le Cercle Noir - Photos Eddy Brière / David Koskas

Adaptation BD : Greg Newman
Storyboard : Jean-Jacques Dzialowski
Dessin : Francesca Follini
Encrage : Alex Orbe
Couleurs : Andrea Meloni
Coordination : Luca Erbetta

ISBN : 978-2-874-42831-9

N° d'édition : L.10EBBN001365.N001

Première édition - Novembre 2011

Imprimé et relié en France par PPO Graphic. Dépôt légal : Novembre 2011 ; D.2011/0053/497

NEWMAN - FOLLINI - ORBE

LA NOUVELLE GUERRE DES BOUTONS

Adaptée du film
de
Christophe Barratier

D'après le chef-d'œuvre
de
Louis Pergaud.

JUNGLE!

AVRIL 1944.
EH, ATTENDS-MOI !
J'FAIS QUE ÇA DE T'ATTENDRE !
J'AI MAL DORMI À CAUSE DE MAMAN QU'A PLEURÉ...
T'AS PAS PU L'ENTENDRE, TU RONFLAIS !
MOI ? J'RONFLE ?!?
...COMME UN TRACTEUR !
PAPA AUSSI, IL RONFLAIT. TU TE RAPPELLES ?
ET QUAND EST-CE QU'Y REVIENT D'ALLEMAGNE, PAPA ?
QUAND LA GUERRE S'RA FINIE.
...MAIS QUAND ?!?
QUAND T'ARRÊTERAS DE ME POSER DES QUESTIONS ! AVAAANCE !!!

... VISE UN PEU, C'EST CEUX DE VELRANS !
'SONT GONFLÉS CEUX-LÀ !
EH VOUS, LÀ-BAS !!!
... EUH... EH VOUS, LÀ-BAS !
DIS DONC, L'AZTEC ? CE TERRAIN EST AU VILLAGE DE LONGEVERNE !
EUH... J'ALLAIS L'DIRE !
SANS BLAGUE ! ET ALORS ?!?
ALORS CEUX QUI PEUVENT Y BRACONNER, C'EST NOUS LES LONGEVERNE !
COUILLES MOLLES ! CASSEZ-VOUS !
ON VA L'DIRE À LEBRAC ET Z'ALLEZ VOIR VOS GUEULES !
COUILLES MOLLES ! COUILLES MOOOOLLES !!!
ILS T'ONT FAIT MAL ?
... "COUILLES MOLLES", Y A PAS PIRE COMME INSULTE ! C'EST UNE... DÉCLARATION DE GUERRE !

R'GARDEZ ! C'EST LA NOUVELLE QU'EST AVEC SIMONE...
ELLE EST BELLE !
ÇA CHANGE DES FILLES D'ICI !
OH C'EST BON ! ELLE VOUS A JETÉ UN SORT OU QUOI ?
C'EST QUOI ÇA ? T'ES TOMBÉ ?
NON, C'EST LES VELRANS...
C'EST MOI QUI RACONTE ! ILS BRACONNENT SUR NOS TERRES ET... ILS NOUS ONT TRAITÉS DE COUILLES MOLLES...
DING DING
EN RANG PAR DEUX... DÉPÊCHONS !
... MARÉCHAL, MARÉCHAL, NOUS VOILÀ...
M'SIEUR ! M'SIEUR ! POURQUOI EST-CE QU'ON CHANTE "MARÉCHAL, NOUS VOILÀ" QUE LE LUNDI ?
IL NE FAUT PAS ABUSER DES BONNES CHOSES, BACAILLÉ...
Lundi 21 Mars 1

BACAILLÉ, IL SE PREND POUR TINO ROSSI...
MONSIEUR LEBRAC, PARLEZ-NOUS DE LA LOIRE...
C'EST UN ANIMAL...
LA LOIRE, PAS LE LOIR.
AH LE FLEUVE... ALORS EUH... C'EST DONC UN FLEUVE AVEC BEAUCOUP D'EAU DEDANS...
TRÈS CONVAINCANT. VOUS CONNAISSEZ LE CHEMIN ?
OH OUI, M'SIEUR.
OUVREZ VOTRE LIVRE DE GÉOGRAPHIE, PAGE 27. NOUS Y VÉRIFIERONS LES INFORMATIONS DE MONSIEUR LEBRAC.

PLUS TARD...
BONNETERIE
MODE DE PARIS
MERCERIE
LINGERIE
RUBANS
TRICOT
DENTELLES
BONJOUR, SIMONE. TU AS UNE PARENTE À LA MAISON ?
C'EST MA FILLEULE, VIOLETTE. ELLE HABITAIT RENNES, MONSIEUR LE MAIRE, ET ELLE EST TRÈS TIMIDE...
FAUT PAS ! ON VA PAS LA MANGER... MAIS PENSE À DÉPOSER SES PAPIERS EN MAIRIE, C'EST LA LOI...
LE SOIR, CHEZ LES LEBRAC...
ICI LONDRES, LES FRANÇAIS PARLENT AUX FRANÇAIS, AUJOURD'HUI 1325E JOUR DE RÉSISTANCE...
METS PLUS FORT ! QUE LES BOCHES ENTENDENT !
C'EST ÇA, Y A HITLER QU'EST DERRIÈRE LA PORTE ! TU M'FAIS RIRE !
MONTE TE COUCHER ! ET J'VAIS TE COLLER EN PENSION !
AU MOINS LÀ-BAS, J'VERRAI PLUS TA TRONCHE DE LÂCHE !
TOC TOC TOC

PYTHAGORE DIT QUE C'EST POUR CE SOIR...
SOIS PRUDENT.
EH ! ATTENDEZ-MOI, LES GARS !
BON... TU RESTES MAIS SI Y A DE LA CASSE, C'EST CHACUN POUR SOI...
ON VA LEUR MONTRER AUX VELRANS SI ON EST DES COUILLES MOLLES !
PEU APRÈS...
PLANQUEZ-VOUS ! LES BOCHES !!!
les Velrans

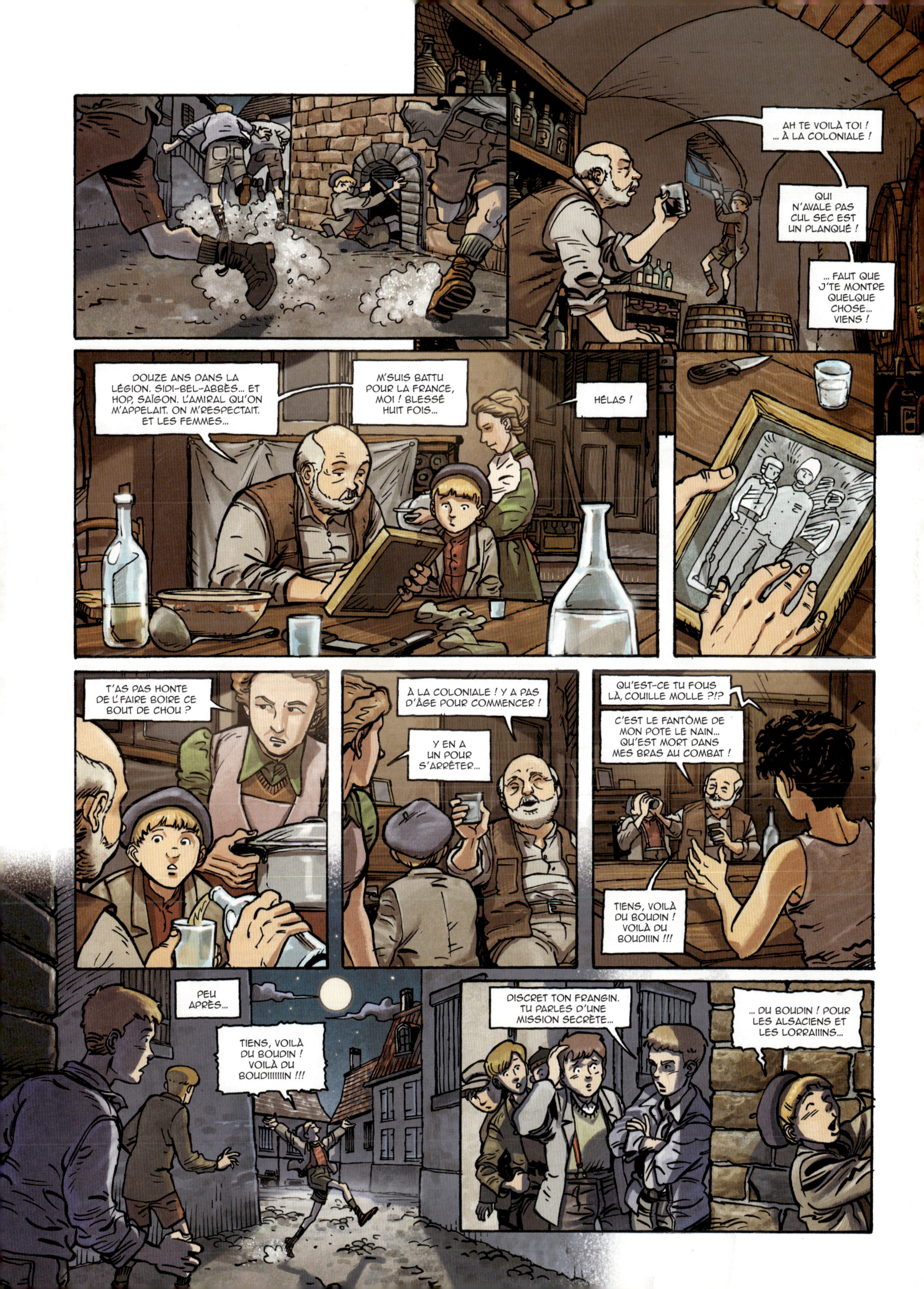
AH TE VOILÀ TOI ! ... À LA COLONIALE !
QUI N'AVALE PAS CUL SEC EST UN PLANQUÉ !
... FAUT QUE J'TE MONTRE QUELQUE CHOSE... VIENS !
DOUZE ANS DANS LA LÉGION. SIDI-BEL-ABBÈS... ET HOP, SAÏGON. L'AMIRAL QU'ON M'APPELAIT. ON M'RESPECTAIT. ET LES FEMMES...
M'SUIS BATTU POUR LA FRANCE, MOI ! BLESSÉ HUIT FOIS...
HÉLAS !
T'AS PAS HONTE DE L'FAIRE BOIRE CE BOUT DE CHOU ?
À LA COLONIALE ! Y A PAS D'ÂGE POUR COMMENCER !
Y EN A UN POUR S'ARRÊTER...
QU'EST-CE TU FOUS LÀ, COUILLE MOLLE ?!?
C'EST LE FANTÔME DE MON POTE LE NAIN... QU'EST MORT DANS MES BRAS AU COMBAT !
TIENS, VOILÀ DU BOUDIN ! VOILÀ DU BOUDIIIN !!!
PEU APRÈS...
TIENS, VOILÀ DU BOUDIN ! VOILÀ DU BOUDIIIIIIIN !!!
DISCRET TON FRANGIN. TU PARLES D'UNE MISSION SECRÈTE...
... DU BOUDIN ! POUR LES ALSACIENS ET LES LORRAIIINS...

LE LENDEMAIN...
LA V'LÀ ! LA V'LÀ !
Z'ÊTES RIDICULES ! SI VOUS CROYEZ QUE C'EST COMME ÇA QU'ON S'Y PREND...
PARCE QUE TOI TU SAIS P'T'ÊTRE ?!?
R'GARDEZ-MOI BIEN !
ALORS EUH... C'EST TOI LA NOUVELLE ?
EUH... OUAIS...
ET TOI C'EST LEBRAC, C'EST ÇA ?
T'ES PAS SÛR ?!?
J'VOUDRAIS QUE T'ARRÊTES DE ME SUIVRE, S'TE PLAÎT...
J'SUIS PAS JOLIE PEUT-ÊTRE ? ON M'A PARLÉ DE TOI...
RÊVE PAS, T'ES PAS DU TOUT MON TYPE...
NORMAL. TOUT LE MONDE ME CONNAÎT.
OUI, T'ES UNE VEDETTE. ET UN CANCRE. ET MOI J'N'AIME QUE LES INTELLECTUELS. ALORS LAISSE TOMBER, LEVRAC...
LEBRAC !
ALORS ? TU T'ES PRIS UNE GAMELLE ?!?
J'LUI AI DIT QU'ELLE AVAIT AUCUNE CHANCE AVEC MOI. ELLE L'A MAL PRIS...

À L'ATTAAAAQUE !!!
COUILLES MOUILLÉES ! COUILLES MOUILLÉES !!!
C'EST QUI LES PLUS FORTS ? LES GARS DE VELRANS !!!
COUILLES MOUILLÉES !!!
APRÈS LA CLASSE...
J'AI QUAND MÊME ÉCOUTÉ LES COURS SUR NAPOLÉON QUAND IL ÉTAIT ROI DES FRANÇAIS...
EMPEREUR !
EMP'REUR. C'EST Z'ACTEMENT C'QUE J'ALLAIS DIRE.
OUAIS, C'EST PAREIL. QUESTION STRATÉGIE, NAPOLÉON EN CONNAISSAIT UN RAYON. J'VAIS VOUS EXPLIQUER MON PLAN...
EH ! ATTENDEZ-MOI, LES GARS !!!

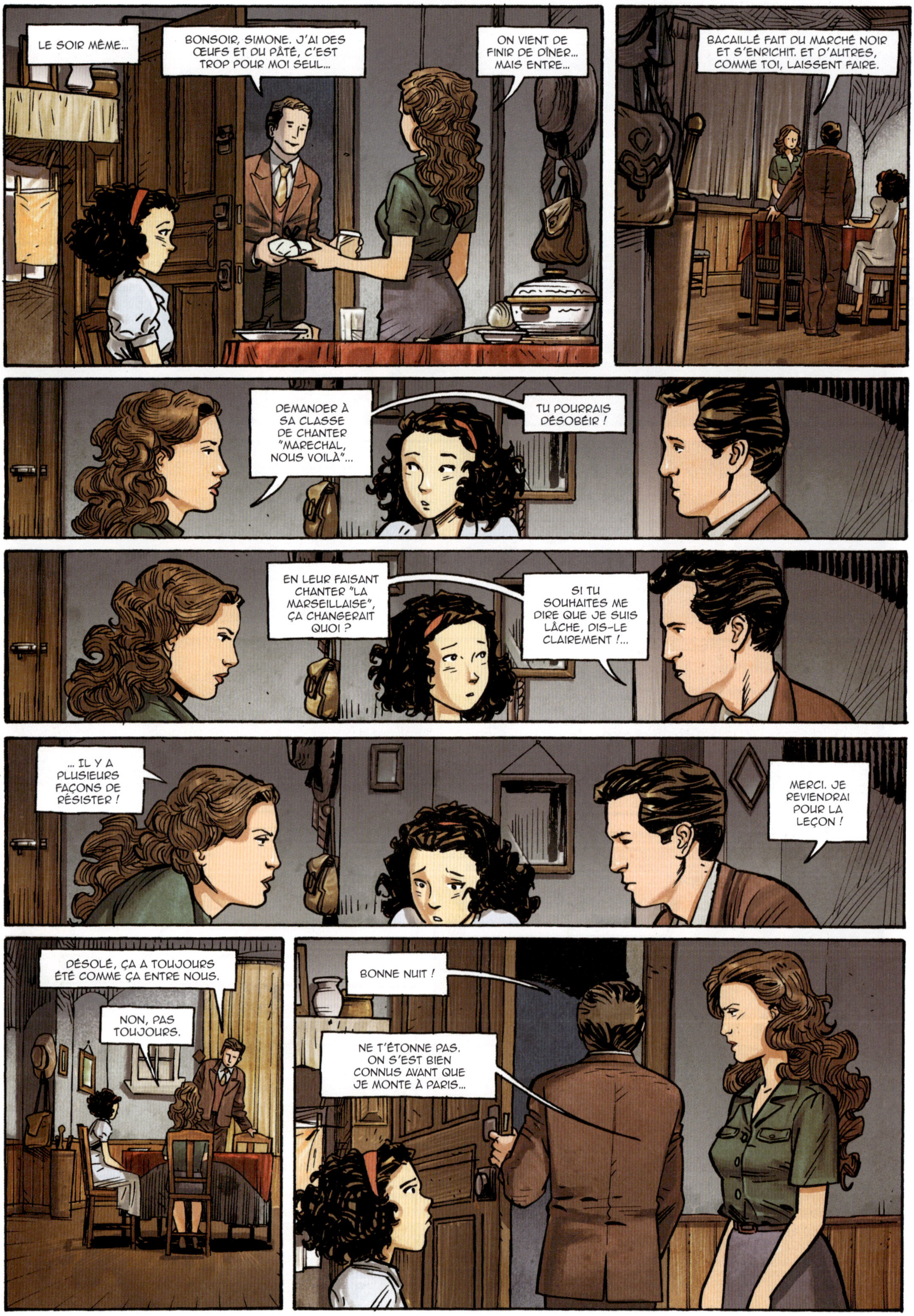
LE SOIR MÊME...
BONSOIR, SIMONE. J'AI DES ŒUFS ET DU PÂTÉ, C'EST TROP POUR MOI SEUL...
ON VIENT DE FINIR DE DÎNER... MAIS ENTRE...
BACAILLÉ FAIT DU MARCHÉ NOIR ET S'ENRICHIT. ET D'AUTRES, COMME TOI, LAISSENT FAIRE.
TU POURRAIS DÉSOBÉIR !
DEMANDER À SA CLASSE DE CHANTER "MARECHAL, NOUS VOILÀ"...
EN LEUR FAISANT CHANTER "LA MARSEILLAISE", ÇA CHANGERAIT QUOI ?
SI TU SOUHAITES ME DIRE QUE JE SUIS LÂCHE, DIS-LE CLAIREMENT !...
... IL Y A PLUSIEURS FAÇONS DE RÉSISTER !
MERCI. JE REVIENDRAI POUR LA LEÇON !
DÉSOLÉ, ÇA A TOUJOURS ÉTÉ COMME ÇA ENTRE NOUS.
NON, PAS TOUJOURS.
BONNE NUIT !
NE T'ÉTONNE PAS. ON S'EST BIEN CONNUS AVANT QUE JE MONTE À PARIS...

PLUS TARD...
ALORS AU MOMENT DE FRAPPER, TU REGARDES LE GARS DE LONGEVERNE DANS LES YEUX ET... CRAC !
OUILLE ! AÏE !
... TU M'AS À MOITIÉ ASSOMMÉ, L'AZTEC !
ILS PENSENT QU'ON S'EST DÉGONFLÉS. ON VA LES PRENDRE PAR SURPRISE...
C'EST LA GUERRE PSYCHOLOGIQUE...
EUH... C'EST QUOI LA GUERRE SYCHOLOGIQUE ?
C'EST ÇA...
YAAAAAAAAAAAAA !!!!!
LES SALAUDS ! ILS NOUS ATTAQUENT EN TRAÎTRE !
NE RECULEZ PAS !!!
J'AI DIT DE NE PAS RECULER !!!
ALORS C'EST QUI LES COUILLES MOLLES ?!?
QU'EST-CE QUE VOUS ALLEZ ME FAIRE?
TES COUILLES, ON VA VOIR SI TU LES AS MOLLES...

J'LE DIRAI À MON PÈRE... ET À L'AZTEC...
J'ME FOUS AUTANT DE TON PÈRE QUE DU PAPE. ET J'M'EN REFOUS DE L'AZTEC !
... VA DIRE À L'AZTEC QUE TOUS LES VELRANS QUI POSERONT LES PIEDS CHEZ NOUS... REPARTIRONT LE FROC À LA MAIN !!!
IL FAUDRAIT LUI TROUVER UN NOM À NOTRE GUERRE POUR QU'ELLE RENTRE DANS L'HISTOIRE...
MOI J'SAIS ! LA GUERRE DES BOUTONS !!!
LÀ POUR UNE FOIS, C'EST PAS CON ! J'SUIS FIER DE TOI RASE-MOTTE !
QUELQUES JOURS PLUS TARD...
OBSERVEZ LA BEAUTÉ DES LIGNES. C'EST LA SUPÉRIORITÉ DE LA RACE ARYENNE QUI ÉCLATE SOUS NOS YEUX...
... TU PARLES D'UN BESTIAU...
LA RACE, QUELLE IMPORTANCE. RIEN NE VAUT UNE BELLE ÂME...
MAIS M'SIEUR, LES GRECS, ILS FAISAIENT LA GUERRE À POIL ?!?
COMME VOUS DITES, JEUNE HOMME ! SEULEMENT ARMÉS D'UN GLAIVE ET D'UN BOUCLIER. POUR DÉFIER L'ENNEMI.

ADMIREZ L'ATHLÈTE ! LA PURETÉ DU CORPS DE LA RACE ARYENNE !
???
LAISSEZ-NOUS ! LAISSEZ-NOUS !
BROCHARD ? C'EST TOI ?
IL EN A FAIT DU CHEMIN LE CANCRE, NON ? QUAND J'ÉTAIS MINOT, VOUS M'FAISIEZ BALAYER LA COUR, MAINTENANT J'NETTOIE LA FRANCE !
NE PLEURE PAS, MA CHÉRIE...
C'EST UNE HONTE !
OCCUPEZ-VOUS DE VOTRE RÈGLE DE TROIS ET LAISSEZ-NOUS FAIRE LE MÉNAGE, MONSIEUR L'INSTITUTEUR !
T'ES LÀ TOI ? DIS À TON PÈRE QUE J'PASSERAI CE SOIR...

chez Célestin
DÉCIDÉMENT, ON NE SE QUITTE PLUS...
ALORS, TU FAIS QUOI D'BEAU EN C'MOMENT ?
ON PRÉPARE UNE OPÉRATION CONTRE LE MAQUIS.
C'EST PAS PAR ICI QUE TU TROUVERAS DES RÉSISTANTS...
DES... TERRORISTES, VOUS VOULEZ DIRE. ET LUI ?
LUI ?!? C'EST UN GARS SANS HISTOIRE...
BELLE PLANTE LA SIMONE... JE LUI PROPOSERAIS BIEN MES SERVICES !
PARAÎT QU'ELLE EN A FAIT DE BELLES À PARIS. DES JULOTS EN VEUX-TU EN VOILÀ...
QU'EST-CE T'EN SAIS, TOI ? TU Y ÉTAIS ?!?
FAUT PAS S'ÉNERVER, M'SIEUR L'INSTITUTEUR...
ON SE CALME ! ON SE CALME !
VOUS ÊTES UN SANGUIN, VOUS. ON DIRAIT PAS, À VOUS VOIR...
BROCHARD M'A POSÉ DES QUESTIONS SUR VOUS...
À VOTRE PLACE, J'ME TIENDRAIS À CARREAU...
MERCI DU CONSEIL.

CHEZ LES SPARTIATES, SEULS LES PLUS FORTS SURVIVAIENT.
BACAILLÉ, CHEZ LES SPARTIATES, IL AURAIT PAS TENU PLUS DE CINQ MINUTES...
SILENCE ! LEBRAC, TROIS HEURES DE RETENUE JEUDI ! ET AUTANT POUR BACAILLÉ QUI SE CROIT INTOUCHABLE PARCE QUE SON PÈRE EST LE MAIRE DU VILLAGE...
EUH... C'EST PAS UN PEU SÉVÈRE, M'SIEUR ?
... ET TROIS HEURES DE COLLE AUSSI POUR LA CRIQUE...
JEUDI...
TIENS, DES LONGEVERNE !
J'AI UN MOT DE LEBRAC. ON NE PEUT PAS SE BAGARRER AUJOURD'HUI MAIS JEUDI PROCHAIN. D'ACCORD ?
NAN !
PEU APRÈS...
J'AVAIS DIT PAS DE BAGARRE !
ZUT, QUAND J'SUIS PAS LÀ !
MAIS C'EST EUX !!! Z'EN AVAIT RIEN À FAIRE DU DRAPEAU BLANC ET DE LA GUERRE SYCHOLOGIQUE. LES GIBUS SONT PRISONNIERS !

???
CONTENT DE TE REVOIR, LEBRAC...
... J'T'ATTENDAIS.
ARRÊTE DE PLEURER. ÇA FAIT TROP PLAISIR À L'AZTEC ET AUX VELRANS...
PLUS LOIN...
QU'EST-CE QUI T'ES ARRIVÉ ?
C'EST LES VELRANS. J'ÉTAIS PARTI DÉLIVRER LES GIBUS.
UN PIÈGE. ILS ÉTAIENT UNE BONNE CENTAINE.
TU VAS TE FAIRE DISPUTER ?
COUPS DE CEINTURON. J'AI L'HABITUDE

"VIENS AVEC MOI, J'AI PEUT-ÊTRE UNE IDÉE."
CES BOUTONS DIFFÉRENTS, ÇA FAIT UN PEU BIZARRE...
ÇA VA LANCER UNE MODE... BON, PASSE TON SHORT MAINTENANT...
TU AS PLEURÉ ? J'AI DÉJÀ VU MON PÈRE PLEURER, ÇA M'EMPÊCHE PAS DE L'AIMER...
C'EST PAS MON GENRE. MAIS TU M'AIMERAIS SI JE PLEURAIS ?
JE NE SAIS PAS, PLEURE, ON VERRA BIEN...
TU RECOUDS DES BOUTONS, VIOLETTE ? POUR QUI ?
FAUT QUE J'Y AILLE. MERCI POUR TOUT.
QU'EST-CE QUI SE PASSE AVEC CE GARÇON ?
RIEN. C'ÉTAIT POUR ÉVITER QU'IL SE FASSE BATTRE PAR SON PÈRE.
C'EST TOUT ?
NON. ON A DÉCIDÉ DE SE MARIER EN AOÛT.

M'AIDER AUX CHAMPS ? CASSER DU BOIS ? MÊME PAS METTRE LA TABLE !... IL VIENT LÀ QUE POUR BOUFFER ET DORMIR !
MAIS C'EST PAS UNE AUBERGE ICI !
BONSOIR, TOUT L'MONDE...
NON MAIS T'AS VU L'HEURE ?
C'EST QUOI CE TRAVAIL ?
C'EST CHIC, NON ? C'EST LA MODE DE PARIS !
AU MATIN...
IL SE FOUT DE NOUS ! FILE TE COUCHER... CE SOIR TU DÎNES PAS !
À PARIS, TU TRAVAILLAIS DANS UNE BOUTIQUE LUXUEUSE. TU ES SORTIE, UN JEUNE T'ATTENDAIT, IL T'A PRISE PAR LE BRAS...
PAUL, J'AVAIS ENVIE D'AUTRE CHOSE, D'UNE AUTRE VIE. JE SUIS COMPLIQUÉE PARFOIS...
POINT FINAL ?
... POINT À LA LIGNE !

CETTE GUERRE, C'EST PLUS QUE ÇA : DES BOUTONS, DES BOUTONS, DES BOUTONS !!!
YAAAAAAAAAAAAA !!!!!
EN AVANT, NOM DE ZEUS !!!
À MORT LES VELRANS !
ALLEZ, ON RENTRE !
À MORT LES VELRANS ! À MORT LES...
EH ? OH ?
ATTENDEZ-MOI, LES GARS !!!

PLUS TARD...
QU'EST-CE QUE TU LIS ? LES "GUERRES PUNIQUES" ? C'EST QUOI ?
JE TE LE PRÊTE. MAIS NE LE PERDS PAS, C'EST À MA MÈRE, J'Y TIENS BEAUCOUP...
ILS SONT OÙ TES PARENTS ?
... EUH... ILS SONT RESTÉS EN BRETAGNE.
LES "GUERRES PUNIQUES" ? VOUS VOUS INTÉRESSEZ AUX GUERRES PUNIQUES, MONSIEUR LEBRAC ?!?
EN C'MOMENT, J'M'INTÉRESSE À LA STRATÉGIE. ALORS SI Y A UNE BONNE IDÉE À PIQUER AUX PUNIQUES...
LES COMMANDOS ALLIÉS MÈNENT DES OPÉRATIONS DERRIÈRE LES LIGNES ALLEMANDES...
CES COMMANDOS, C'EST DES FAMEUX BONSHOMMES... ÇA CHANGE DE NOS PÈRES !
CHACUN SON MÉTIER, MOI C'EST D'FAIRE POUSSER LES POMMES DE TERRE...
AVEC DES GENS COMME TOI, LES BOCHES SONT ENCORE LÀ POUR CENT ANS...
LE LENDEMAIN...
C'EST UNE MISSION COMMANDO. EN TERRITOIRE ENNEMI. CERTAINS N'EN REVIENDRONT PEUT-ÊTRE MÊME PAS...
T'ES PAS VOLONTAIRE, BACAILLÉ ?
J'SUIS PAS LÂCHE, J'SUIS PRUDENT...
PAS DE PROBLÈME. TU PAIERAS JUSTE L'IMPÔT SPÉCIAL "PLANQUÉ" !

LE SAMEDI À VELRANS, C'EST L'JOUR DE LA GRANDE LESSIVE.
ILS VONT VOIR SI ON EST DES COUILLES MOLLES.
PAS DE PITIÉ. ON DÉCOUPE TOUT.
DES BOUTONS ! DES BOUTONS !!!
ALLONS-Y...
CENT HUIT, CENT NEUF ET CENT DIX. PAS MAL !
ON VA OUVRIR UNE AUTRE MERCERIE ET FAIRE CONCURRENCE À SIMONE...
C'EST Z'ACTEMENT CE QUE J'ALLAIS DIRE !
C'EST NOTRE TRÉSOR DE GUERRE ! OÙ EST-CE QU'ON VA LE CACHER ?
Y A QU'À S'FAIRE UNE CABANE !
BONNE IDÉE ! J'SUIS FIER DE TOI, MORPION.
MERCI, MON GÉNÉRAL !

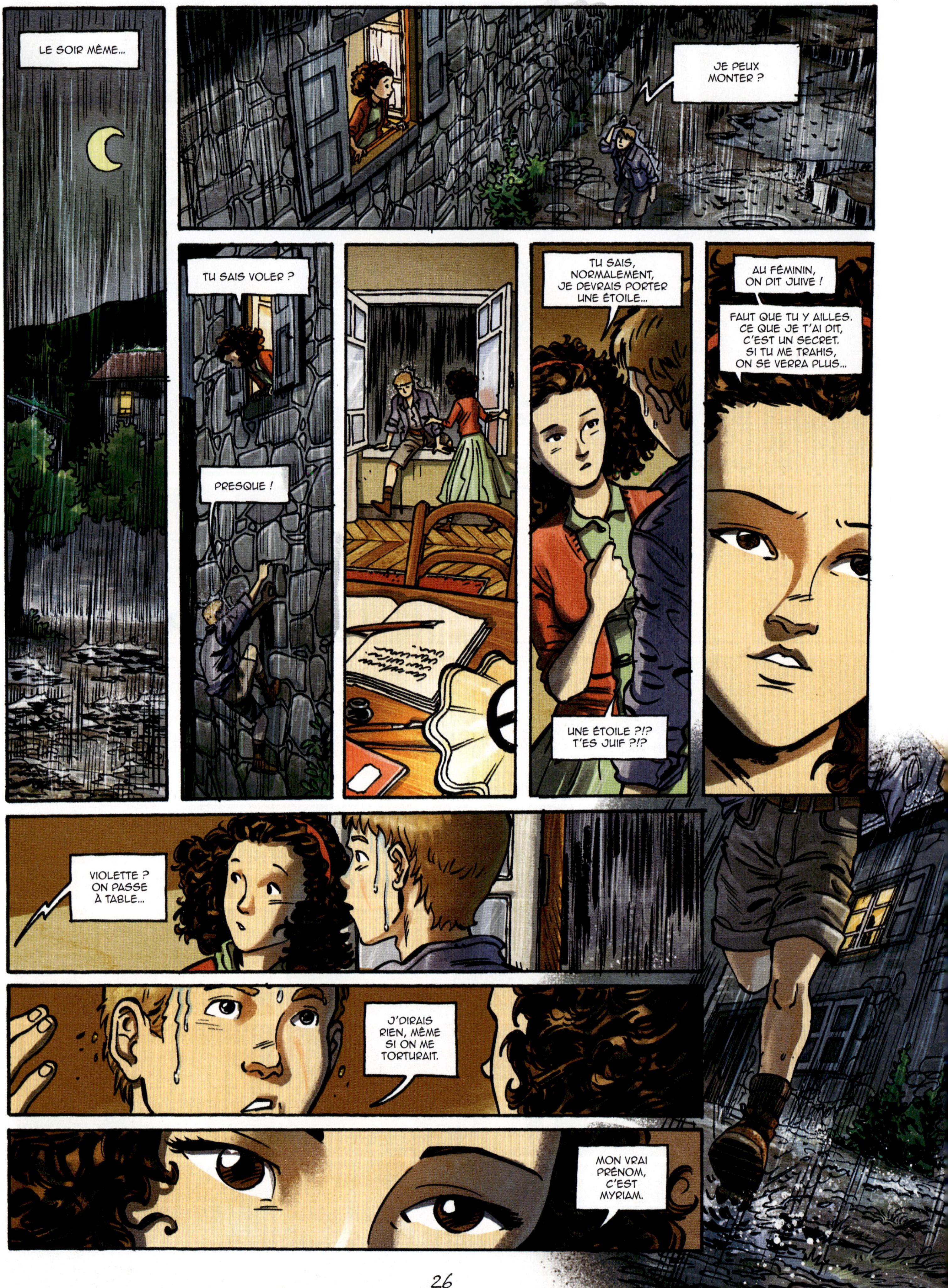

LE SOIR MÊME...
JE PEUX MONTER ?
TU SAIS VOLER ?
PRESQUE !
TU SAIS, NORMALEMENT, JE DEVRAIS PORTER UNE ÉTOILE...
UNE ÉTOILE ?!? T'ES JUIF ?!?
AU FÉMININ, ON DIT JUIVE !
FAUT QUE TU Y AILLES. CE QUE JE T'AI DIT, C'EST UN SECRET. SI TU ME TRAHIS, ON SE VERRA PLUS...
VIOLETTE ? ON PASSE À TABLE...
J'DIRAIS RIEN, MÊME SI ON ME TORTURAIT.
MON VRAI PRÉNOM, C'EST MYRIAM.

LA CABANE SERA PAS INTERDITE AUX FILLES ?
PAS À TOUTES...
J'CROYAIS QUE T'AIMAIS QU'LES BLONDES...
C'ÉTAIT AVANT DE CONNAÎTRE UNE BRUNE.
ON IRA DANS LA CABANE TOUS LES JEUDIS ?
ON IRA CHAQUE FOIS QUE NOS PARENTS NOUS EMMERDENT.
ON IRA TOUS LES JOURS ALORS...
MON PÈRE EST ARCHITECTE, IL DESSINE DES MAISONS...
TON PÈRE ? ON L'A JAMAIS VU... IL T'A ABANDONNÉ OU QUOI ?
PLUS TARD...
MON PANTALON EST DÉCOUSUUU ! SI ÇA CONTINUE...
SI BACAILLÉ M'A PARLÉ DE MES PARENTS, C'EST QUE TU LUI AS DIT QUELQUE CHOSE...
T'ES FOLLE ! N'AIE PAS PEUR, ICI ON VOIT JAMAIS UN BOCHE...
J'AI PAS PEUR ! JE VOUDRAIS QUE LA GUERRE S'ARRÊTE ET RETROUVER MES PARENTS...
MOI, J'PAIERAIS CHER POUR PLUS VOIR LES MIENS !
... T'ES VRAIMENT TROP BÊTE !
... LE TROU DE MON...
C'EST ÇA, VA-T'EN. MOI, DES NÉNETTES J'EN AI COMME JE VEUX...
... ET DES BLONDES !!!

PEU APRÈS...
TU PEUX PAS FAIRE ATTENTION, NON ?
J'EN AI MARRE DES COUPS ! J'EN AI MARRE !
TU L'AURAS VOULU ! À LA RENTRÉE PROCHAINE, ON T'ENVOIE EN APPRENTISSAGE, AU MOINS TU NOUS RAPPORTERAS DE L'ARGENT !
MON FRIC, JE L'GARDERAI POUR MOI ! ET JE SERAI LIBRE !!!
CRIIIIIIIIIIC !!!
CRIIIIHIIIIC !!!
NON LOIN...
TU VOULAIS ME VOIR ?
OUI. C'EST À PROPOS DE LA PETITE.

ON DOIT SIGNALER À LA SOUS-PRÉFECTURE TOUS LES ENFANTS DÉPLACÉS. LIEU DE NAISSANCE, ADRESSE DES PARENTS...
CE N'EST PAS TA FILLEULE...
NON. MAIS JE CONNAIS BIEN SA MÈRE. ELLE M'A DEMANDÉ DE PROTÉGER SA FILLE.
... ET J'AI BESOIN D'AIDE...
ELLE EST JUIVE, N'EST-CE PAS ?
OUI.
JE DIRAI À L'ADMINISTRATION QU'IL N'Y A PAS D'ENFANT DÉPLACÉ À LONGEVERNE. TU PEUX COMPTER SUR MOI.
JE N'EN AI JAMAIS DOUTÉ. MERCI, PAUL.
PENDANT CE TEMPS...
ÇA C'EST EXACTEMENT CE QU'ON ATTENDAIT POUR FAIRE DU BON BOULOT...
TOC! TOC! TOC!
C'EST PYTHAGORE, NOTRE CHEF. LAISSE-NOUS GEORGETTE. ET OCCUPE-TOI DU PETIT.

QU'EST-CE T'AS À ME REGARDER COMME ÇA ?
J'M'EXCUSE POUR HIER SOIR...
J'Y VAIS.
J'COMPRENDRAI JAMAIS CE GOSSE.T'ES SÛR QU'IL EST DE MOI ?
?
M'SIEUR... C'ÉTAIT QUI PYTHAGORE ?
QUI A PARLÉ DE PYTHAGORE ?
EUH... PERSONNE...
INUTILE DE PERDRE SON TEMPS. CE N'EST PAS AU PROGRAMME.
TIENS, JE L'AI LU. EUH... JEUDI PROCHAIN, ON INAUGURE LA CABANE, TU VIENDRAS ?
... OUI.
EN ATTENDANT, JE VOUDRAIS TE MONTRER QUELQUE CHOSE...
PEU APRÈS...
C'EST MON ENDROIT PRÉFÉRÉ.

SANS LA GUERRE, ON SE SERAIT JAMAIS RENCONTRÉS... JE SERAIS RESTÉE À BERLIN.
BERLIN ?
JE SUIS NÉE EN ALLEMAGNE ET VENUE À PARIS QUAND J'AVAIS TROIS ANS.
MES PARENTS POUVAIENT PLUS RESTER À CAUSE DES NAZIS...
ALORS... ON EST À NOUVEAU ENSEMBLE, NON ?
FAUT QUE J'Y AILLE ! SIMONE M'ATTEND...
PLUS TARD...
ILS SONT FOUTUS ! ON VA LES MASSACRER !!!
POC !
!!!!!AAAAAAAAA !!!
YAAAAAAAAAAAAA !!!!!
CETTE FOIS, J'PENSE QUE VOUS AVEZ COMPRIS LA LEÇON ! QU'ON VOUS REVOIE PLUS JAMAIS SUR NOS TERRES !!!

3 BOCAUX DE POIRES AU SIROP, 5 COMPOTES DE POMME...
EH ! J'AI COMPTÉ : ON A 319 BOUTONS !!!
BACAILLÉ, T'ARRIVES LES MAINS VIDES ? T'ES LE SEUL, TU SAIS ! RADIN !
J'AI RIEN PU PRENDRE. SI MON PÈRE ME PREND EN TRAIN DE VOLER, IL VA ME TUER !
T'ES PAS SEULEMENT RADIN, TU TE DÉFILES À CHAQUE BAGARRE !
... ET... ET D'ABORD C'EST N'IMPORTE QUOI VOTRE GUERRE !
ALORS QU'EST-CE QUE TU FOUS LÀ ? CASSE-TOI !
... C'EST Z'ACTEMENT C'QUE J'ALLAIS DIRE !
C'EST DÉGUEULASSE, J'AI RIEN FAIT !
C'EST JUSTEMENT CE QU'ON TE REPROCHE.
LA RÉPUBLIQUE DES LONGEVERNE A PARLÉ. TU N'ES PLUS DES NÔTRES, BACAILLÉ...
CASSE-TOI.

LE FILS DU MAIRE !
ON VA T'SOIGNER, MON COCHON... TU VAS PAYER POUR LES AUTRES...
J'VAIS TE SAIGNER COMME UN GORET !
LAISSEZ-MOI... QU'EST-CE QUE VOUS VOULEZ ?!?
... ON VA T'DIRE C'QU'ON VEUT...
ON A REÇU UNE LETTRE DE NOTRE PÈRE, PRISONNIER EN ALLEMAGNE...
VAS-Y, LIS !
"MES CHERS PETITS, ICI AU CAMP, IL PLEUT. J'ESPÈRE QUE CHEZ NOUS, IL FAIT MEILLEUR. LE JARDIN DOIT ÊTRE BEAU..."
"JE PENSE BIEN SOUVENT À VOUS EN REGARDANT LA PETITE PHOTO PRISE PAR TONTON RENÉ... VOUS ÊTES MON RAYON DE SOLEIL... VOTRE PÈRE."
T'ES P'T'ÊTRE BIEN UN AGENT DOUBLE !
JE PROPOSE QU'ON BOIVE À LA SANTÉ DU PAPA DES GIBUS. ET DE TOUS LES PRISONNIERS...
AU FEU !!!

LEBRAC ? IL N'Y AURA JAMAIS DE PAIX ENTRE NOUS ! JAMAIS !!!
LES ORDURES !
MERCI ! J'AI PLUS BESOIN DE TOI !
MAIS ? J'VAIS M'FAIRE MASSACRER !!!
ON S'EN FOUT !!!
QU'EST-CE QUE VOUS ALLEZ EN FAIRE ?
LE PUNIR.
NON ! NOON !
LE CEINTURON ! À CAUSE DE LUI, ON A PERDU LA LETTRE DE PAPA...
VOUS N'ÊTES PAS BIEN ? LEBRAC, TU TE CONDUIS COMME UN... NAZI !

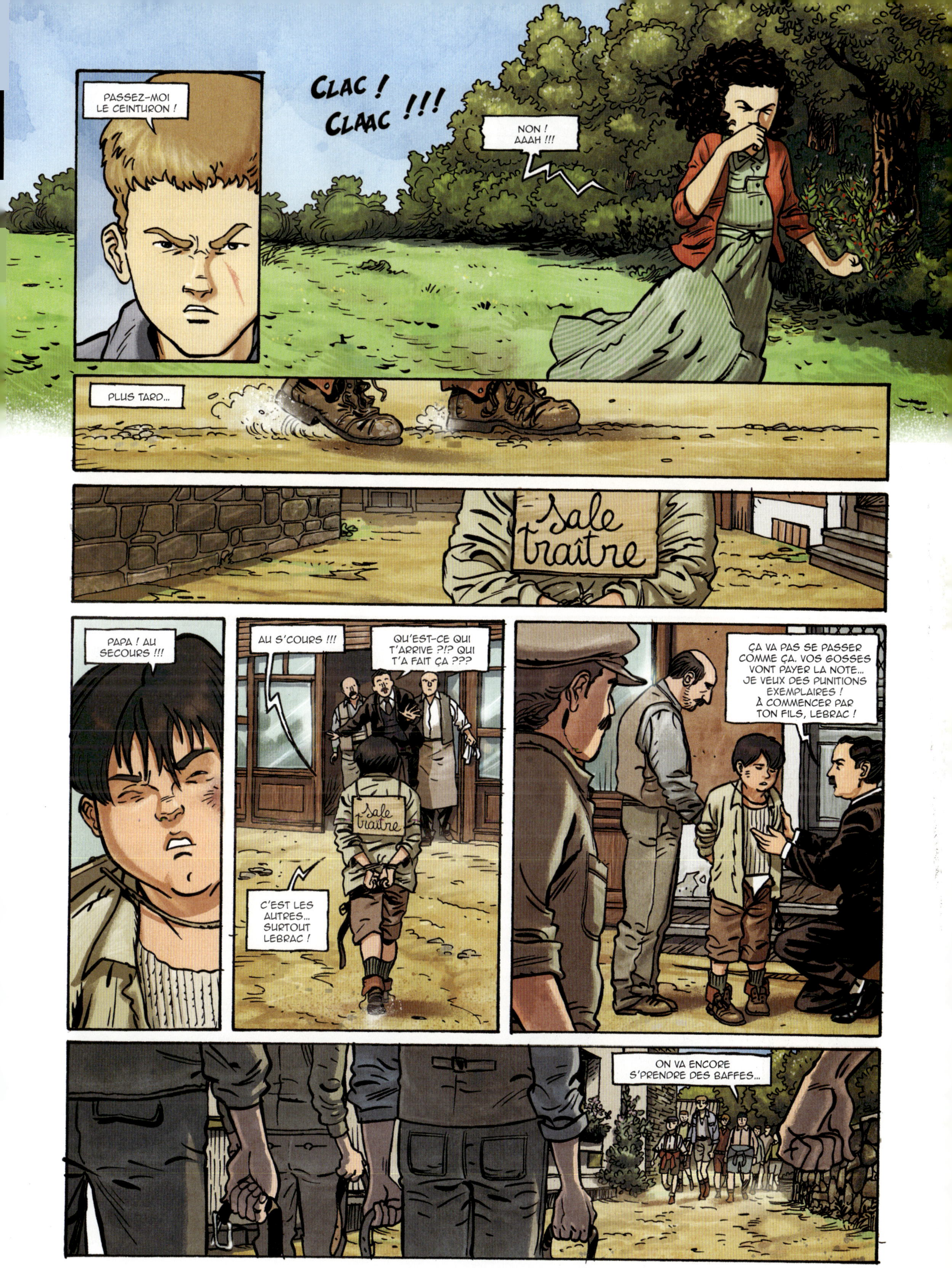
PASSEZ-MOI LE CEINTURON !
CLAC ! CLAAC !!!
NON ! AAAH !!!
PLUS TARD...
Sale traître
PAPA ! AU SECOURS !!!
AU S'COURS !!!
QU'EST-CE QUI T'ARRIVE ?!? QUI T'A FAIT ÇA ???
Sale traître
C'EST LES AUTRES... SURTOUT LEBRAC !
ÇA VA PAS SE PASSER COMME ÇA. VOS GOSSES VONT PAYER LA NOTE... JE VEUX DES PUNITIONS EXEMPLAIRES ! À COMMENCER PAR TON FILS, LEBRAC !
ON VA ENCORE S'PRENDRE DES BAFFES...

VIENS PAR ICI TOI !
J'M'EN VAIS ! TU M'REVERRAS JAMAIS... JAMAIS !!!
JE LUI AI APPRIS À BRACONNER. IL VA PAS CREVER DE FAIM...
... ET S'IL LUI ARRIVE QUELQUE CHOSE ?
T'ES PAS OBLIGÉE D'IMAGINER LE PIRE...
... AVEC LUI, SI.

VOUS DEVRIEZ AVOIR HONTE. TOUTE SA VIE BACAILLÉ SE SOUVIENDRA DE CE QUE VOUS LUI AVEZ FAIT. VOUS VOUS ÊTES COMPORTÉS COMME DES TORTIONNAIRES...
ALLEZ VOUS ASSEOIR, LEBRAC.
BACAILLÉ NOUS AVAIT TRAHIS, M'SIEUR !
UN TRAÎTRE, ON LE JUGE. ON NE LE TORTURE PAS. MAIS JE VAIS VOUS DONNER UNE CHANCE DE VOUS RACHETER.
... ET EN FIN DE JOURNÉE...
DIS-NOUS QUI T'A FAIT ÇA...
Y EN A PLUSIEURS, M'SIEUR BROCHARD...
NOON ! J'VEUX PAS LES VOIR ! SURTOUT LEBRAC !
MONSIEUR L'INSTITUTEUR, VOUS TENEZ BIEN MAL VOS TROUPES. VOUS AVEZ VU CE QU'ILS ONT FAIT À MON PETIT PROTÉGÉ ?!?

LES ÉLÈVES SONT VENUS TE PRÉSENTER LEURS EXCUSES...
J'M'EN FOUS DE LEURS EXCUSES ! C'EST TOUS DES FILS DE COMMUNISTES !
ÇA DEVIENT INTÉRESSANT...
LE PÈRE À LEBRAC, C'EST UN COCO ! ET... ET VIOLETTE, LA FILLE QUI EST CHEZ SIMONE, SI ÇA S'TROUVE... ELLE EST JUIVE !!!
LA VÉRITÉ SORT DE LA BOUCHE DES ENFANTS...
MAIS NON ! LA VÉRITÉ, C'EST QU'IL VEUT SE RENDRE INTÉRESSANT !
ON VA QUAND MÊME VOIR ÇA. QUI A VU LES PAPIERS DE LA GAMINE ?
MOI ! JE SUIS LE SECRÉTAIRE DE MAIRIE. LES PAPIERS SONT PARFAITEMENT CONFORMES !
ALLEZ, LES ENFANTS, ON S'EN VA.
LES ENFANTS, PRÉVENEZ TOUT LE MONDE. TOI, LEBRAC, COURS PRÉVENIR SIMONE !
VITE !!!

PENDANT CE TEMPS À LA MERCERIE...
JE SAIS QU'IL T'AIME BIEN. IL T'A PAS DIT OÙ IL ALLAIT ? JE L'AI CHERCHÉ TOUTE LA JOURNÉE...
QU'EST-CE QUE VOUS ALLEZ LUI FAIRE ?
SI TU SAIS QUELQUE CHOSE, DIS-LE...
BEN ? D'OÙ QU'IL SORT ? ÇA FAIT DES HEURES QUE JE TE CHERCHE !
LES MILICIENS ARRIVENT ! IL FAUT CACHER VIOLETTE ! VITE !!!
VITE, PASSEZ PAR-DERRIÈRE ! J'M'OCCUPE D'EUX...
???
T'AS PEUT-ÊTRE BESOIN DE MES SERVICES ?
J'LE FAIS PAS POUR TOI MAIS POUR ELLE.
IL PARAÎT QU'UNE GAMINE SÉJOURNE CHEZ VOUS ?!?

MA FILLEULE, OUI. QUEL EST LE PROBLÈME ?
AUCUN. J'AIMERAIS JUSTE LUI PARLER, VOIR SES PAPIERS...
JE NE SAIS PAS OÙ ELLE EST...
MOI SI ! ELLE DOIT ÊTRE DANS NOT'GRANGE AVEC SES COPINES...
ACCOMPAGNE-LE, MOI JE RESTE ICI...
EST-CE QUE L'UNE D'ENTRE VOUS S'APPELLE VIOLETTE ?!?
MOI !
MOI !
ON S'APPELLE TOUTES VIOLETTE, M'SIEUR. NOS PARENTS Y Z'ONT PAS BEAUCOUP D'IMAGINATION...
C'EST ÇA ! ET VOUS HABITEZ TOUTES CHEZ LA MERCIÈRE ?
OUI !
OUIII !
AH LES GOSSES D'AUJOURD'HUI...
VOUS VOULEZ UN COUP DE PIED AU CUL ?!?
... ILS NE RESPECTENT PLUS L'UNIFORME...

BON, ELLE EST OÙ CETTE GRANGE ?
PAR LÀ...
... ET UN QUI DOIT SE RAPPELER DE NOS BAGARRES DE GOSSES, C'EST LE PÈRE LEBRAC. JE TE LUI AI BALANCÉ UN DIRECT ! FAUT PAS ME CHERCHER, MOI... COMME AVEC LES NIAKOUÉS !
LES MILICIENS ! ILS SONT CHEZ SIMONE... ILS VIENNENT ARRÊTER VIOLETTE !
LE FILS BACAILLE ÉTAIT EN PLEINE HYSTÉRIE, VOUS AVEZ BIEN VU...
... C'EST BIZARRE, MOI J'AI ENVIE DE LE CROIRE.
REPOS, TOUT LE MONDE ! MA PETITE SIMONE, C'EST L'ANNIVERSAIRE DE MA BOURGEOISE ET J'VIENS LUI ACHETER UN CADEAU !
???
BONJOUR, SIMONE, J'VIENS CHERCHER LA COMMANDE DE MA FEMME !
MOI CELLE DE MA BELLE-MÈRE !
... C'EST QUOI C'T'EMBROUILLE ?!?
VOUS GÊNEZ PAAAS ! PASSEZ DEVANT TOUT LE MOOONDE !!!
... T'ES PAS DE LONGEVERNE, TOI !!!

BROCHARD, T'AVAIS PAS UN ONCLE DANS LA COLONIALE ? J'AI EU UN ADJUDANT QUI S'APPELAIT BROCHARD... UNE BELLE TÊTE DE CON !
EH ? SIMONE ? OÙ ELLE EST PASSÉE ?!?
T'AS JAMAIS ÉTÉ TRÈS VIF !
... T'ES TELLEMENT CON !
ÇA, VOUS RISQUEZ DE LE REGRETTER !!!
... SURTOUT VOUS, MONSIEUR L'INSTITUTEUR !

LA MÔME EST INTROUVABLE...
???
IL NOUS DONNE UN COUP DE MAIN. VIOLETTE EST EN LIEU SÛR.
J'ÉTAIS POURTANT SÛR QU'ELLE JOUAIT DANS LA GRANGE...
IL Y AURA DES REPRÉSAILLES, VOUS M'ENTENDEZ ?!?
BROCHARD ! T'ES NÉ ICI, PAS VRAI ? OÙ T'IRAS QUAND TES COPAINS LES BOCHES SERONT PARTIS ?!?
... À BERLIN ?
T'AS ENVIE DE FINIR CONTRE UN MUR ? LES MAINS LIÉES DANS LE DOS ?... ET POURQUOI PAS MAINTENANT PAR EXEMPLE !
TIENS ! J'AI ENLEVÉ LES BALLES...
... POUR PAS QU'TU T'BLESSES...
ON VA R'VENIR EN FORCE, AVEC LES SS !... ET VOUS FEREZ MOINS LES MARIOLES !

V'NEZ AVEC MOI !
TU N'AS QU'UN SEUL DÉFAUT, MONSIEUR L'INSTITUTEUR... TON NOM DE GUERRE : PYTHAGORE !
... TROP COMPLIQUÉ POUR UN PAYSAN COMME MOI...
978 NB
MAINTENANT, FAUT QUE SIMONE ET VIOLETTE QUITTENT LE VILLAGE... MERCI À TOUS... VOUS AVEZ ÉTÉ FORMIDABLES...
LONGEVERNE
YAAAAAAAAAAAAAAAAA !!!
ON SE SERA BIEN MARRÉS !
... ET C'EST PAS FINI !
POOC
POC
VRAOUOUM !!!
VOILÀ !!! C'EST Z'ACTEMENT C'QUE J'ALLAIS DIRE !
BEN ?... ON N'A RIEN DIT !

TOUT LE VILLAGE VA AVOIR DES ENNUIS. UN PEU À CAUSE DE MOI.
LES ALLIÉS VONT DÉBARQUER. LES BOCHES ET LEURS COPAINS AURONT AUTRE CHOSE À FAIRE, CROIS-MOI...
TU CACHAIS BIEN TON JEU... ÇA FAISAIT LONGTEMPS ?
DEPUIS LE DÉBUT.
TU REVIENDRAS APRÈS ?
J'AI UNE BONNE RAISON DE REVENIR, NON ?
TON MAGASIN ?
BON, VOUS VOUS MARIEREZ APRÈS LA GUERRE ! LÀ, Y A PAS DE TEMPS À PERDRE...
MON GAMIN VA VOUS CONDUIRE CHEZ P'TIT LOUIS, SON PARRAIN. VOILÀ UN MOT POUR LUI. IL VOUS INDIQUERA UN LIEU SÛR, LOIN D'ICI...
AU PETIT MATIN...
ON ARRIVE BIENTÔT...
C'EST LÀ...

PRENDS SOIN DE TOI, GUERRIER !
GARDE-LE ! CE SERA COMME UN LIEN ENTRE NOUS. TU ME LE RENDRAS QUAND LA GUERRE SERA FINIE...
J'PEUX RIEN TE DONNER, MOI...
SI. ATTENDS !
VOILÀ ! J'ATTENDRAI QUE TU VIENNES ME LE RECOUDRE. À LA MODE DE PARIS...
MYRIAM !
VIOLETTE N'A JAMAIS RETROUVÉ SES PARENTS. QUELQUES MOIS PLUS TARD, DANS LA FRANCE LIBÉRÉE, SIMONE EST REVENUE S'INSTALLER À LONGEVERNE EN COMPAGNIE DE LA PETITE FILLE.
FIN